MARIA AMÁLIA CAMARGO

VIRA LAGARTA, VIRA!

ILUSTRAÇÕES:
ANA LAURA ALVARENGA

© 2023 – Todos os direitos reservados

GRUPO ESTRELA
Presidente: Carlos Tilkian
Diretor de marketing: Aires Fernandes

EDITORA ESTRELA CULTURAL
Publisher: Beto Junqueyra
Editorial: Célia Hirsch
Coordenadora editorial: Ana Luíza Bassanetto
Ilustrações: Ana Laura Alvarenga
Projeto gráfico: Overleap Studio
Revisão de texto: Luiz Gustavo Micheletti Bazana

Dados Internacionais de Catalogação na Publicação (CIP)
(Câmara Brasileira do Livro, SP, Brasil)

Camargo, Maria Amália
 Vira lagarta, vira! / Maria Amália Camargo ; ilustração Ana Laura Alvarenga. -- 1. ed. -- Itapira, SP : Estrela Cultural, 2023.

 ISBN 978-65-5958-057-6

 1. Poesia - Literatura infantojuvenil I. Alvarenga, Ana Laura. II. Título.

23-151787   CDD-028.5

Índices para catálogo sistemático:
1. Poesia : Literatura infantojuvenil 028.5
2. Poesia : Literatura infantil 028.5

Henrique Ribeiro Soares - Bibliotecário - CRB-8/9314

O miolo desse livro é feito de papel certificado FSC® e outras fontes controladas.

Proibida a reprodução total ou parcial, de nenhuma forma, por nenhum meio, sem a autorização expressa da editora.

1ª edição – Itapira/SP – 2023 – IMPRESSO NO BRASIL
Todos os direitos da edição reservados à Editora Estrela Cultural Ltda.

Rua Roupen Tilkian, 375
Bairro Barão Ataliba Nogueira
CEP 13986-000 – Itapira/SP
CNPJ: 29.341.467/0001-87
estrelacultural.com.br
estrelacultural@estrela.com.br

MARIA AMÁLIA CAMARGO

VIRA LAGARTA, VIRA!

ILUSTRAÇÕES:
ANA LAURA ALVARENGA

PÉ ANTE PÉ.
FRENTE E RÉ.

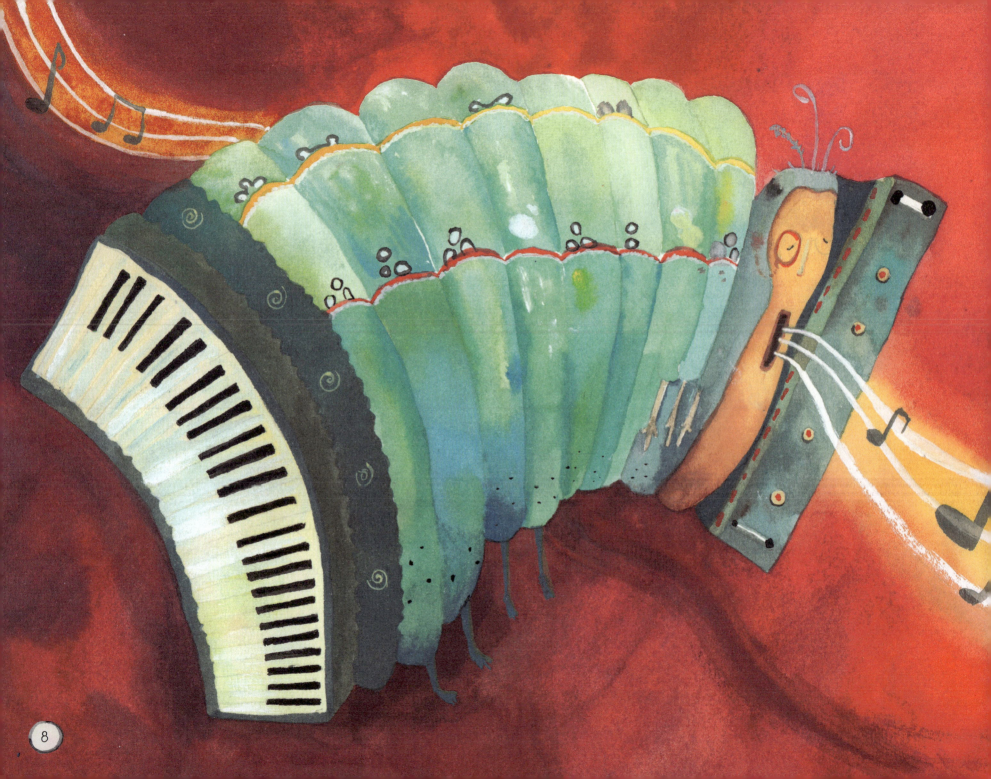

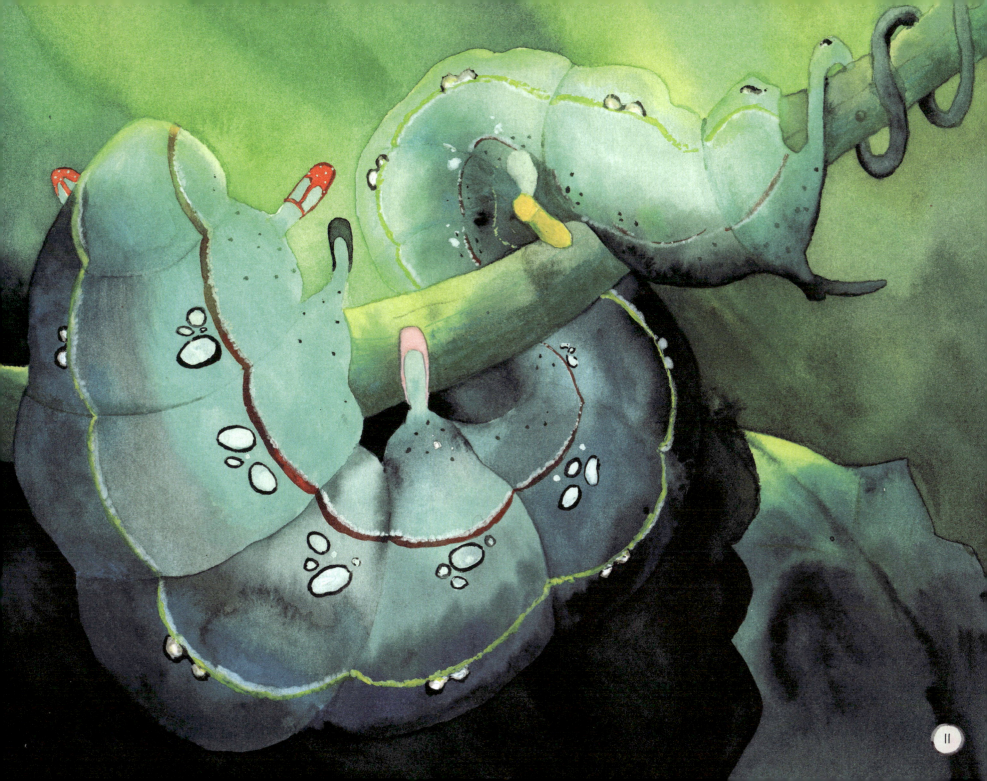

BRINCA QUE
É UMA MOLA.

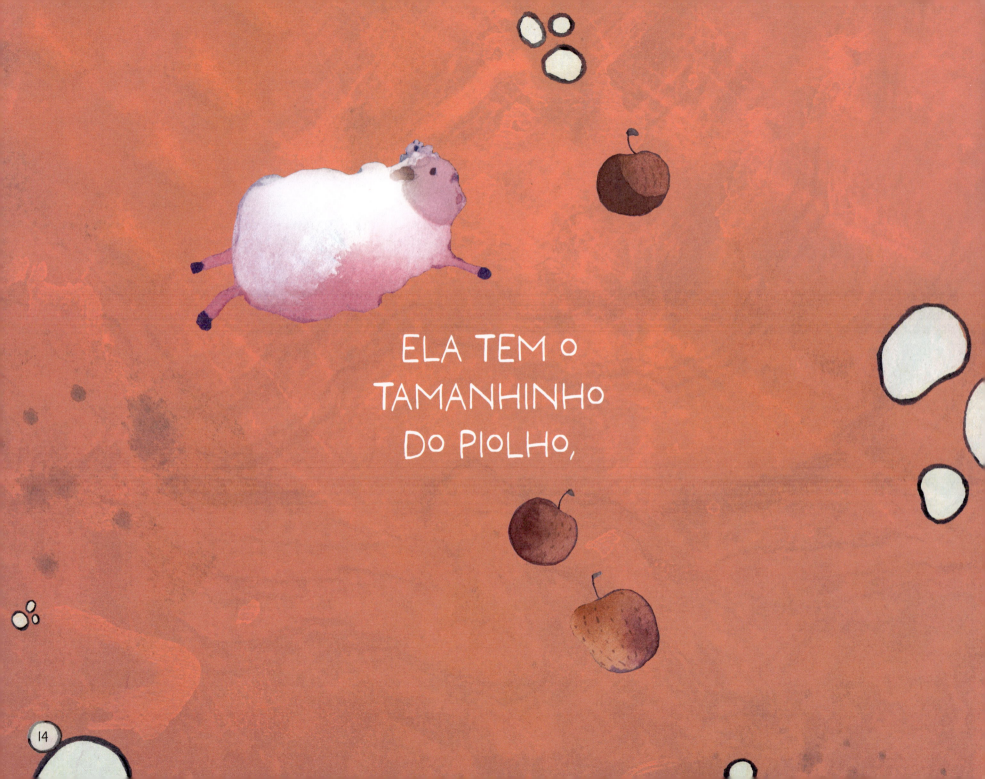

QUANDO DORME EM UM GRANDE REPOLHO.

ÀS VEZES FICA
ESCONDIDINHA
NO CARPETE.

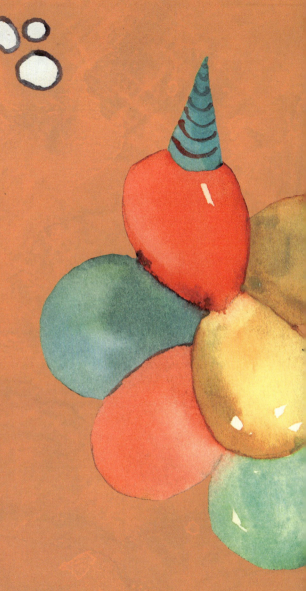

OUTRAS VEZES FAZ
FESTA COM CONFETE.

NO PAPEL,
ELA DESENHA
O CÉU.

QUANTO ESPAÇO
PARA DAR PIRUETA!

AMANHÃ ELA VIRA
BORBOLETA.

MARIA AMÁLIA CAMARGO
ESCRITORA

Nasci em Santos, em 1977. Quando menina, morava em uma casa com um simpático quintal e passava horas ali, observando a natureza. Nos dias de chuva, eu me recolhia para desenhar e inventar histórias.
Tempos depois pensei em fazer Biologia, mas cursei Letras. Durante a faculdade estagiei no serviço educativo de um museu, onde eu atendia muitas crianças. Foi aí que decidi o público com o qual gostaria de trabalhar.
Desde 2006 eu me dedico à literatura infantil. Hoje, tenho mais de trinta livros publicados. Pela editora Estrela Cultural lancei *A mulher do Franks tem; Tchau, Dona Sujeira* e *Aprenda a criar um dragão de estimação*.

FOTO: Normelia Bertoni

ANA LAURA AVARENGA
ILUSTRADORA

A vida é muito mais difícil quando não se sonha. Minha mãe sempre me disse e ainda diz que vivo no meu mundo cor-de-rosa. Ainda bem. Gosto dos desafios diários de ser mais criativa, pois assim a vida fica mais leve. Desde criança fui cercada por tintas, texturas, cores e uma tia artista. Eu e ela vivíamos em um mundo de imaginação! Quando cresci, cursei Design Gráfico em minha cidade, Franca, passei por desafios e perdas, mas sempre sonhando. Hoje, sigo cada dia mais imersa em universos lúdicos, onde eu possa transportar as crianças para lugares mágicos. Pela editora Estrela Cultural, publiquei a obra *O menino que andava sobre hipopótamos*.

FONTE: MoonBlossom - REGULAR

FONTE: Futura Md BT - Medium